## CLÉMENT HAENTJENS

# LES

# PERFIDES !


PARIS

IMPRIMERIE BLOT ET FILS AINÉ

7, RUE BLEUE, 7

—

1875

# AVANT-PROPOS

Il y a plusieurs mois que cette brochure est écrite. Si j'ai autant différé à la publier, c'est que j'avais à Haïti des parents contre lesquels Domingue et les Rameau n'auraient pas manqué de tourner la rage qu'ils ressentiront de se voir démasqués. Mais aujourd'hui que nous nous sommes exilés, et pour tout le temps que ces misérables détiendront le pouvoir du pays que leur gouvernement déshonore, je m'empresse de faire connaître au public haïtien, pour qui elles sont restées jusqu'à présent inexplicables, les causes des persécutions arbitraires du parti de Michel Domingue contre M. C. Haentjens.

# LES PERFIDES !

La cabale éclata le même jour que M. Haentjens, déterminé par les conseils du président Saget à chercher dans un changement de climat le rétablissement de sa santé délabrée par la maladie, donna sa démission de secrétaire d'État des finances et du commerce. On faisait courir le bruit que le Trésor public avait été dilapidé. La nuit, des soldats étaient postés sur les quais pour empêcher, disait-on, les embarquements clandestins, et des espions surveillaient notre demeure. Le jour, des émissaires, dont quelques-uns ignoraient, peut-être, le rôle qu'on leur faisait jouer, venaient et, nous appelant mystérieusement à part, mes frères et moi, nous conjuraient de décider notre père à se réfugier dans un consulat.

Quels étaient les chefs de ce complot infernal ? D'où partait le mot d'ordre auquel obéissait la cabale? Vraisemblablement ce n'était pas du conseil des ministres à qui Saget, aux termes de la loi constitutionnelle, venait de remettre le pouvoir exécutif ; car, dans ce conseil n'y avait-il pas ceux dont, hier encore, M. Haentjens était le collègue : Saul Liautaud et Octavius Rameau qu'il avait défendus et soutenus contre les Chambres, lorsqu'elles les avaient avilis et traînés dans la boue, et Excellent dont il eût pu dissuader Saget de faire choix ? Saul Liautaud, il est vrai, s'était naguère montré ingrat, mais mon père n'ignorait pas que si ce rustre était toujours prêt à participer aux actions les plus lâches, du moins son intelligence bornée ne pouvait rien inventer même dans le mal. Domingue ourdissait-il ces trames de concert avec Septimus Rameau, son neveu, et l'inspirateur de ses moindres actions? Malgré la complicité évidente des autorités militaires, **M.** Haentjens avait peine à croire à une telle perfidie. En effet, bien qu'il n'eût connu personnellement Domingue que depuis peu de temps, mon père en avait souvent reçu, des Cayes, des assurances d'une vive sympathie, et, depuis l'arrivée du général à Port-au-Prince, il avait été, plusieurs fois, le confident de ses vues sur la présidence à vie et de ses rancunes contre la population de Jérémie qu'il se proposait, disait-il, de châtier un jour sévèrement. Et quant à Septimus Rameau, par quel revirement soudain serait-il devenu l'ennemi acharné de l'homme à qui il écrivait des lettres comme celles-ci, que je prends entre cent autres non moins amicales :

Port-au-Prince, 19 mai 1873.

« Mon cher Haentjens,

« Je regrette beaucoup de partir sans vous voir. Je pense être de retour en juillet, mais, vous, vous êtes attendu avec anxiété et vous en connaissez le motif.

. . . . . . . . . . . . . . . . . . . . . . . . . . . . . . .

« Tout ce que vous ferez pour ce jeune ami sera considéré par moi comme service reçu personnellement.

« de cœur,<br>« S. RAMEAU. »

Aux Cayes, le 8 juillet 1873.

« Mon cher Haentjens,

« J'ai reçu, ces jours passés, les lignes que vous m'avez adressées de Paris, m'annonçant que vous seriez, par le packet du 4 courant, à Jacmel. La malle étant remise, des avis circulent de votre retour dans le pays; et sans d'autres informations, je me hâte de vous envoyer le présent, sous le couvert de notre ami X...

« J'attends de vos nouvelles directes, et je vous serre la main pour le général et moi.

« S. RAMEAU. »

« Mon ami,

« Je ne vous dois pas d'accusé de réception. Vous ne m'écrivez plus, je ne sais pourquoi.

« Vous épuisez trop la caisse des Cayes; les rentrées d'octobre ne sont pas faites, par suite d'expéditions par anticipation (ce que j'ai toujours blâmé).

« On m'apprend (le trésorier) que la balance en caisse pour les dépenses courantes est de P. 15,000 dont 8,000 en bons, pour avances sur différentes entreprises, notamment celle du wharf; donc la somme effective est de P. 7,000 dont vous retirez P. 6,000 pour Aquin.

« Quant aux P. 20,000 qu'il faudrait vous envoyer par l'annexe, on serait forcé de les retirer de la caisse de réserve; les caisses de réserve devraient rester intactes, *chez nous surtout*, en prévision des événements dont on ignore la suite.

« *On voit de mauvais œil ces demandes de fonds*, généralement. On croit que c'est un moyen de nous réduire à l'impuissance, en cas de tout danger. Si vous faisiez différemment, ce ne serait pas mal du tout, et cela tempérerait les esprits. C'est du côté de Jacmel qu'il faut manger; Croyez-moi sincèrement.

« Courage,

« S. Rameau. »

*P. S.* « Le général conseille de différer tout envoi à la capitale, jusqu'à ce que vous répondiez à cette note. L'envoi d'Aquin s'effectue. »

Toutefois l'incertitude ne fut pas longue, et M. Haentjens découvrit bientôt, avec un étonnement indicible, la cheville ouvrière du complot. C'était M. Septimus Rameau. Assuré du triomphe du tigre altéré de sang qu'il mène en laisse, M. Rameau ne sentait plus la nécessité de faire patte de velours, et il laissait éclater, maintenant qu'il croyait tenir les moyens de l'assouvir, la haine qu'il avait nourrie au fond de son cœur, et qu'il avait su cacher avec une dissimulation profonde. Les services que mon père avait rendus à ce fou, qui se croit un génie politique, n'avaient fait que l'aigrir. Une supériorité qui l'offusquait et qu'il était obligé de s'avouer, sa haine, devenue proverbiale en Haïti, contre les hommes à peau blanche, le refus de lui envoyer du trésor public deux mille piastres qu'il avait demandées vers la fin de 1873, et, enfin, l'antipathie qu'il ressent pour ceux en qui il a découvert trop de bon sens pour concourir, dans l'avenir, à la réalisation des rêves qu'il caresse de succéder à Domingue, voilà quelles étaient les causes de son animosité forcenée. Il avait compté qu'il trouverait des instruments dociles de ses mauvais desseins dans la tourbe des valets qui l'environnaient, attentifs à prouver leur dévouement par une obéissance aveugle au dispensateur des fournitures et des places. Il ne s'était pas trompé, car la cabale criait à tue-tête. Son ardeur était sans cesse entretenue par les déclamations furibondes de ses chefs. C'étaient les quelques dominguistes de la veille, aussi insolents dans la circonstance qu'ils étaient timides et lâches, quelques mois auparavant, quand ils venaient solliciter des conseils et chercher auprès de M. Haentjens la foi qui leur manquait dans le succès du parti dominguiste.

Une commission fut nommée pour vérifier la gestion des finances pendant les dix derniers mois, et M. Rameau en choisit lui-même les membres. Il poussa l'impudence jusqu'à recommander à l'un d'eux de forger quelques charges bien lourdes et qui autorisassent, aux yeux du public, les persécutions qu'il méditait. Mais, à son grand déplaisir, la commission travaillait assidûment sans rencontrer aucun fondement aux insinuations malveillantes que la coterie s'était empressée de répandre dans le public.

Il y eut, vers ce temps-là, comme un apaisement dans la colère de la cabale.

Cependant, l'état de sa santé empirant, mon père songeait plutôt à son voyage qu'aux clabauderies de cette canaille qu'il méprisait. Or, le samedi 30 mai, à huit heures du matin, il se dirigea, accompagné de ses fils, vers l'embarcadère de la Glacière. Il était dans le canot qui devait le mener au steamer près de partir pour Kingston, quand l'officier du port, averti par les espions qui surveillaient jour et nuit notre demeure, vint nous dire qu'il avait reçu du général en chef Domingue l'ordre de ne laisser personne s'embarquer sans un passeport. — Je vais vous en chercher un, lui répondit mon père, et il alla droit chez le général. Il y fut reçu par M. Septimus Rameau ; — le général n'était guère visible que quand son neveu le trouvait bon. Mon père lui raconta l'incident du canot et lui dit qu'il était venu demander au général le passeport nécessaire pour s'embarquer.

— Nous savons que vous êtes malade, lui dit M. Rameau, mais attendez encore quelques jours et nous vous donnerons un passeport. Vous n'ignorez pas que le gouvernement a nommé une commission à qui vous avez des renseignements à fournir.

— Je ne puis fournir, lui répondit M. Haentjens, que les renseignements qu'on me demande, et, depuis quinze jours que votre commission travaille, j'ai donné à M. Excellent tous les éclaircissements qu'il m'a demandés sur les points qu'on a voulu trouver obscurs. Bref, j'attendrai, puisqu'on m'y force.

Puis ils parlèrent de questions étrangères à ce sujet et se séparèrent après que M. Itameau lui eut serré la main.

Cependant les dominguistes couraient par la ville, répandant le bruit que l'ex-ministre des finances avait tenté de se sauver pour l'étranger, et chacun le répétait en y ajoutant un ornement de sa façon. Cette fureur sauvage nous effrayait, et, quand notre père revint à la maison, nous lui conseillâmes de ne plus tarder à chercher un refuge dans un consulat. Mais il rejeta ce conseil. — Ce serait, nous dit-il, donner dans le piége que la cabale lui tendait. Rassurez-vous, ajouta-t-il, ils ne peuvent rien contre moi.

Il ne tarda pas à être cruellement désabusé. Le lendemain au mépris des lois, on donna l'ordre de l'arrêter. Au matin de ce jour, Domingue et Septimus Rameau avaient convoqué les ministres, et, après une odieuse comédie jouée pour donner quelque apparence de légalité à cette décision, on fit signer au ministre de l'intérieur l'ordre d'arrestation. Octavius Rameau, le pire des Rameau, se répandait en invectives et en menaces. — Il exhalait la colère haineuse qu'il avait contenue avec peine depuis le jour où mon père combattit, devant le Conseil, son impudente demande de troquer une masure qu'il possède dans un recoin des Cayes contre les deux plus beaux emplacements de Port-au-Prince. — Ce faquin-là, déjà soûl, selon sa noble habitude, braillait de toute la force de ses poumons. Prévenu par X..., qui avait tout entendu, mon père monta à cheval et se rendit au consulat anglais. Pendant qu'il y allait, un espion de S. Rameau, un misérable nommé Seymour Thézan, courut au poste des campêches, crier alerte aux gardes qui lui tournèrent le dos. Il n'y avait pas dix minutes que M. Haentjens avait franchi le seuil du consulat qu'une bande de bandits en guenilles environna notre demeure. C'était la police. Saul Liautaud, de son côté, envoya un bataillon cerner la maison du consul. Du consulat où j'avais accompagné mon père, je courus à la maison de campagne de M. Spencer Saint-John lui faire part de ces incidents. Je vis là M. Octavius Rameau, qui était venu, à bride abattue, demander qu'on lui livrât M. Haentjens.

Cette fois les nouvellistes se turent. La hardiesse du coup avait dépassé leurs prévisions et faisait appréhender le retour des actes de violence qui avaient illustré Domingue et les Rameau pendant les dernières guerres civiles. Car le public n'avait pas oublié le massacre des prisons des Cayes, où les femmes et les enfants n'avaient point trouvé grâce devant ces barbares, et cent autres épisodes sanglants au récit desquels nous avions toujours, malheureusement, ajouté peu de foi.

Les jours suivants, Domingue et les ministres écrivirent dépêches sur dépêches au représentant anglais. Elles disaient toutes : « M. Haentjens, *devant être appelé* à rendre compte de son administration des finances, nous vous prions de nous le livrer. » Cette demande était accompagnée de considérations très-neuves et très-curieuses sur le droit des gens. Le consul, nullement édifié, et pour couper court à cette correspondance, leur répondit qu'il en référerait à son gouvernement qui jugerait le cas.

Dans ce même moment, le journal « Le Peuple », numéro du 8 juin, publia un article signé : *Un observateur désintéressé*, et qui était la reproduction des dépêches adressées à M. Saint-John. On y lisait :

« M. Haentjens, après avoir tenté de s'embarquer sans passeport,
« s'est jeté, dimanche dernier, dans le consulat anglais. Le conseil
« des secrétaires d'État a réclamé sa remise, attendu que, confor-
« mément à la loi, il doit rendre ses comptes. M. Spencer Saint-John
« a l'air de vouloir distraire M. Haentjens des *lois réglementaires*, etc.
« Nous espérons que le consul donnera satisfaction au bon droit, au
« droit publie. En attendant, les réserves du gouvernement découlent
« du droit naturel et du droit public. »

Le bon droit, le droit naturel et le droit public. Voilà un curieux galimatias et bien des efforts de la part d'un observateur désintéressé! Et l'arrestation? pourquoi le désintéressé n'en parle-t-il pas? M. Haentjens s'est donc *jeté*, de gaieté de cœur, dans un consulat? Et ces lois réglementaires, que prescrivent-elles ?

« Art. 133. — La chambre des communes accuse les secrétaires
» d'État et les traduit devant le Sénat, en cas de malversation, de tra-
» hison, d'abus de pouvoir, etc.

» Le Sénat ne peut prononcer d'autres peines que celles de la desti-
» tution et de la privation d'exercer toute fonction publique, pendant
» un an au moins et cinq ans au plus.

» S'il y a lieu d'appliquer d'autres peines et à statuer sur l'exercice
» de l'action civile, il y sera procédé devant les tribunaux ordinaires,
» soit sur l'accusation admise par la chambre des communes, soit
» sur la poursuite des parties lésées.

» La mise en accusation et la déclaration de culpabilité ne pourront
» être prononcées, respectivement dans chaque chambre, qu'à la
» majorité absolue des suffrages. »

Mais qui était-ce donc que cet observateur désintéressé qui osait réclamer, si impudemment, au nom de ces mêmes lois que Domingue et son conseil violaient? Qui voudriez-vous qui fût aussi perfide, sinon ce même Septimus Rameau! Eh quoi! misérable, tu as osé invoquer le droit naturel au moment que tu cherchais à sacrifier à ta rancune un citoyen qui honorait ton pays! Tu as osé invoquer le droit public, toi qui, au mépris du verdict d'acquittement d'un conseil de guerre, as fait traîner à la mort Borgella arraché des bras de sa mère aveugle et de sa femme folle! Tu as osé parler de reddition des comptes, toi, le banqueroutier, toi qui t'es toujours refusé à donner des éclaircissements sur ta scandaleuse gestion des finances, pendant les deux années que les presses à papier-monnaie restèrent dans ta propre demeure! Avoue que tu n'es qu'un dangereux coquin!

Durant les quinze jours qui s'étaient écoulés depuis ces derniers incidents, le général en chef avait été élu président par l'Assemblée qu'il avait lui-même choisie. Mon frère, voulant tenter une démarche auprès de Domingue Président, et curieux d'entendre de sa bouche les raisons qu'il alléguerait de cette persécution, alla au palais. Il trouva Domingue en conférence avec quelques constituants qui, avant de rédiger la nouvelle constitution à laquelle, par parenthèse, le Président avait déjà prêté serment quelques jours auparavant, étaient venus s'informer s'il désirait que l'intention ainsi que le fait, en matière de conspiration et de prise d'armes, fût punissable de la peine de mort. On fit passer mon frère dans une salle attenante, où bientôt, Domingue et lui se trouvèrent seuls.

— Président, lui dit mon frère, j'ai pensé que je ne pouvais mieux m'adresser qu'à vous pour apprendre enfin les causes de l'acte d'arrestation lancé contre mon père.

— Je ne les connais pas, répondit Domingue avec aplomb. Ce n'est pas moi qui ai donné cet ordre.

— Je le sais, Président. Or, maintenant que vous êtes le chef de l'État, nous espérons que vous ferez cesser des poursuites aussi illégales qu'inhumaines, et que mon père pourra enfin sortir du consulat.

— Qu'est-ce qui l'en empêche? Qu'il rentre chez lui!

— Mais, Président, vous ignorez donc que des gardes surveillent jour et nuit les abords du consulat!

Et mon frère lui remontra le tort que faisait à son gouvernement un acte aussi arbitraire. Il lui rappela les services que mon père avait rendus à son parti.

Quittant tout d'un coup son rôle d'hypocrite, Domingue lui dit :

— Mon ami, je sais tout cela. Je n'ignore pas non plus l'état souffrant de votre père. Dites-lui donc que je suis prêt à lui signer un passe-port, s'il me donne 80,000 piastres. On dit qu'il en a 200,000.

Après être resté un instant abasourdi de la proposition de son excellence le Président, mon frère lui répondit d'une voix que son indignation rendait tremblante : — Président, vous savez le cas qu'il faut faire de ces on-dit. Mon père a été indignement calomnié auprès de vous, mais il avait droit de compter que vous auriez repoussé ces imputations odieuses et attendu le rapport de la commission.

— Eh bien ! dit Domingue, en se levant, attendons le rapport.

Cependant, quoique bâillonné par la terreur que lui inspirait le nouveau Président, le public ne laissait pas de nous témoigner l'horreur que lui inspirait un tel despotisme. Domingue et les Rameau sentaient maintenant peser sur eux seuls la honte de cette persécution. Ces protégés d'Acaau avaient compté que la société tout entière se serait ruée avec eux sur une famille que la couleur blanche de sa peau, sa distinction native et ses mœurs européennes désignaient à la haine envieuse des misérables de leur acabit, et ils voyaient avec étonnement, que le cri de ralliement d'autrefois ne trouvait aujourd'hui plus d'écho. La situation devenait embarrassante pour eux. La commission avait fait son rapport, mais, ce rapport, à défaut d'accusations fondées, n'était rempli que de phrases à double entente, de réticences calculées et d'insinuations malveillantes qui témoignaient seulement du bon vouloir de ses membres. Des personnes bien renseignées nous assuraient que l'ardeur des persécuteurs, bien qu'ils eussent honte de l'avouer, s'était refroidie visiblement. Il se trouvait aussi que Septimus Rameau, le chef de la bande, était allé aux Cayes consulter le papa-loi ou sorcier qui, quinze ans auparavant, l'avait traité d'une folie furieuse. L'absence de S. Rameau, pendant laquelle Domingue pouvait être plus accessible aux bons conseils, nous décida à profiter de ces circonstances favorables et nous mîmes en campagne quelques amis. Leurs démarches réussirent, et l'un d'eux fit dire à mon père que le Président désirait mettre fin à cet état de choses, mais que, ne sachant pas trop comment concilier son intervention avec sa conduite passée, il voulait que M. Haentjens lui écrivît une lettre. Mon père lui adressa donc la lettre suivante :

Port-au-Prince, le 27 juin 1874.

« Président.

» Le 31 mai dernier, ayant appris que l'ordre de m'arrêter avait été donné, j'ai dû me réfugier au consulat anglais. Depuis lors, l'état de ma santé, loin de s'améliorer, s'aggrave chaque jour de plus en plus. Je viens donc, avec une entière confiance, solliciter de votre Excellence un sauf-conduit qui me permette de rentrer chez moi, où je pourrai recevoir, dans ma famille, tous les soins que réclame le triste état de ma santé que je prie votre Excellence de prendre en considération.

» Je prie votre Excellence d'agréer l'assurance de mon profond respect.

Signé : C. HAENTJENS. »

Voici la réponse que lui fit Domingue. La dernière phrase de sa lettre contient la preuve de la conversation incroyable qu'il avait eue avec mon frère, et que j'ai rapportée plus haut :

Port-au-Prince, le 28 juin 1874.

« Concitoyen,

» Je vous accuse réception de votre lettre datée du 27 courant, dont le contenu a eu mon attention.

» Vous avez la faculté de rentrer chez vous, afin de vous faire traiter dans votre famille; en conséquence, des ordres sont donnés au commandant du département de l'Ouest, pour que vous soyez respecté en votre demeure. Néanmoins vous vous rappelerez de (*sic*) l'entretien que j'ai eu avec votre fils.

» Recevez, concitoyen, mes salutations,

Signé : DOMINGUE. »

Ainsi finit, aussi inopinément qu'elle avait commencé, cette persécution de sauvages. Notre père rentra chez lui où, tous les jours, ses principaux ennemis de la veille faisaient prendre de ses nouvelles avec une sollicitude hypocrite. Enfin, tout avait changé de face au point que nous nous demandions parfois si les angoisses que nous avions souffertes n'étaient pas un cauchemar affreux que le réveil avait dissipé.

Notre père, dont ces émotions violentes avaient aggravé la maladie, expira le 21 juillet.

Le Moniteur du 8 août suivant publia le rapport de la commission d'enquête. Voici les passages qui concernent le ministre des finances, et dont je ferai ressortir les insinuations haineuses et les faussetés volontaires :

« Monsieur le Secrétaire d'État,

» La commission, chargée de vérifier les effets publics, à l'honneur, etc.

» Elle a cru devoir classer ces créances en trois catégories, afin de mieux faire distinguer les époques d'émission de ces titres : ce qui permettra d'apprécier les motifs, etc., etc.

» La première catégorie comporte les titres émis sous le gouvernement du général Salnave, et qui ont été vérifiés et acceptés par la commission du 14 mars 1870 : le montant en est de P. 337.289.96 et de 89.308 livres de café.

» La deuxième catégorie comprend les titres émis par la Révolution, et s'élèvent à P. 84,262,36.

» La troisième catégorie, qui provient des titres émis sous le gouvernement du général Nissage Saget *atteint* le chiffre de P. 1,100,664,59. »

Ce dernier chiffre, que la commission fait sonner si haut, représente les bons du Trésor émis comme moyens de trésorerie, pour faire face aux dépenses budgétaires. Ce chiffre dépasse-t-il le budget des recettes de l'année financière, qui n'expirait qu'au 1ᵉʳ octobre ? Certainement non.

« La Commission vous fera observer, M. le Secrétaire d'État, qu'en ce qui concerne les conversions faites en faveur de divers négociants, porteurs de titres Salnave, elle a trouvé, dans ses investigations, que beaucoup de titres non acceptés par la Commission du 14 mars 1870, et d'autres portant le visa de *non valabilité* de ladite Commission, avaient été compensés au taux arbitraire de g. 300 la piastre, quand les taux de conversion étaient de g. 2.000 à g. 3.200, selon les différentes époques; témoin le compte de café dû à M. A. Painson, de g. 1.012.275 accepté et visé pour P. 920.25 et compensé pour P. 3.374.25. »

Voilà un tissu d'imputations d'autant plus odieuses que la Commission savait que le registre des séances du Conseil des secrétaires d'État renfermait la décision qui autorisait le ministre des finances à accepter les titres non vérifiés. Mais nommée pour condamner, elle avait intérêt à étouffer la vérité.

« Le Conseil, compétemment réuni, a pris communication d'une lettre de M. St-Aude, demandant le règlement de diverses créances dont il est le détenteur. Après délibération, il a été décidé que les titres non vérifiés par la Commission instituée à cette fin, le 14 mars 1870, seront examinés par le ministre des finances et admis, s'il y a lieu, au même degré que ceux déjà vérifiés.

« Pour copie conforme :

« Signé Jh. Lamothe, S. Liautaud, C. Haentjens,

« O. Rameau, Nissage Saget, président.

« Pour le Secrétaire du Conseil,

« Signé DESTIN. »

Si la Commission, au lieu de faire semblant d'ignorer l'existence de cette pièce, en avait parlé, comme elle devait, elle eût pu ajouter que cette décision avait été prise, dans le Conseil, sur la proposition d'O. Rameau et de S. Liautaud. Septimus Rameau, lui, connaissait bien ce procès-verbal, puisqu'à la suite de la décision il s'était empressé de faire payer en espèces par le trésor des Cayes, malgré les ordres du ministre, les titres compensables en droits de douane et qui formaient le pot de vin de son frère Octavius.

La Commission s'est bien gardée de dire que le taux de 300 gourdes pour la piastre avait été fixé par le ministre pour le règlement de toutes les conversions faites par la Commission du 14 mars. Elle a parlé des conversions à g. 2.000 et à g. 3.200. Pourquoi a-t-elle passé sous silence les conversions au moins aussi nombreuses à g. 23, à g. 33, à g. 60, etc.? Un taux uniforme de g. 300 pour la piastre, dans le règlement de conversions si différentes, constitue-t-il un taux arbitraire, une perte pour l'État.

A l'égard des titres déclarés non valables par la Commission du 14 mars, et qui auraient été compensés par ordre du ministre, je déclare premièrement qu'il n'y a pas d'autres titres de cette espèce que le bon Painson, car la Commission n'aurait pas manqué de les énumérer tous; deuxièmement, que jamais le ministre n'a ordonné cette compensation dont on a fait tant de bruit. Je sais qu'il y a aux archives du Trésor une lettre signée C. Haentjens et qui ordonne cette compensation, mais elle est l'œuvre d'un faussaire fieffé que M. Haentjens a eu la trop grande bonté de n'avoir pas chassé de ses bureaux. Plusieurs personnes, et des plus dignes de foi, connaissent le fait aussi bien que moi.

« Plusieurs de ces titres Salnave, et pour de fortes sommes, ont
» été surchargés d'un intérêt de 6 p. cent, ce qui a permis de grever
» l'État, etc. »

Ici encore, la Commission feint d'ignorer que cet intérêt a été payé en vertu de la loi du 26 août 1872. Enfin, nommée pour vérifier l'ad_ministration des dix derniers mois, la Commission, à défaut de matière à ses imputations, se rabat sur un emprunt contracté, trois ans auparavant et se lamente sur son « lourd et perpétuel intérêt de plus de 33 p. cent l'an. »

Le *Moniteur* du 10 octobre contient le rapport d'une autre Commission chargée de vérifier la section de la comptabilité. L'ignorance de la Commission et son parti pris de dénigrer sauteront aux yeux de quiconque lira les passages suivants où elle fait l'éloge de M. Haentjens dans le même moment qu'elle croit l'accabler :

« Il résulte de ce relevé, dit la Commission que la dépense a excédé la recette de 57.052 piastres et g. 12.221.14.33 (soit 100,000 piastres environ). »

« Ce bilan soulèvera dans votre esprit, M. le Secrétaire d'État, les mêmes réflexions qu'il a suggérées à la Commission. Une administration sage et prudente voudrait trouver un résultat contraire dans lequel la dépense égalerait au plus la recette, si elle ne restait pas au-dessous, ce qui serait plus satisfaisant. »

Citez donc, M. le Rapporteur, les financiers qui, à Haïti, sont arrivés à cet équilibre parfait du budget. Ce résultat, que vous paraissez croire si aisé, ne s'obtient, même dans les pays les mieux organisés, que difficilement.

« Il a été établi pendant cette période un système d'emprunts non restitués à échéances et renouvelables moyennant prime et intérêts aux taux de 1 1/2 à 6, de 6 à 11. Par cette combinaison que la Commission n'a pas osé croire à l'avantage du fisc., etc. »

La Commission avoue naïvement qu'elle n'a pas osé trouver ces emprunts avantageux ; elle ne l'a pas osé, Septimus Rameau et le public savent bien pourquoi ! Mais rétablissons la vérité dont la Commission dissimule une partie. Ces emprunts, il est vrai, se faisaient contre des délégations à 90 jours sur les douanes aux taux rapportés ci-dessus, mais l'on ne renouvelait la prime et l'intérêt que sur la portion que les porteurs n'avaient pas compensée au bout de ce temps. En admettant même que ce renouvellement se fît quatre fois dans l'année, nous n'aurions qu'un pourcentage moyen de 25 p. 100 l'an. Eh quoi ! vous n'avez pas osé trouver ce taux avantageux et vous le dites à qui ? à Excellent, qui a emprunté à 15 p. 100 par mois, que dis-je! à 1 p. 100 par jour !

Dans un paragraphe concernant le ministère de l'Intérieur, la Commission ajoute : « nous signalerons en première ligne deux ordonnances s'élevant à P. 76.014.14 pour dépense spéciale extraordinaire. Cette forte valeur a été ordonnancée à l'intérieur, en vertu de deux simples lettres du ministre des finances, sans autres désignations, ni aucunes pièces justificatives à l'appui. Comme ces ordonnances n'ont pas de mention de parties prenantes, il ressort que le montant en a été directement versé au ministère pour satisfaire à on ne sait quelle dépense. »

On dirait à entendre la Commission qu'elle n'a jamais ouï parler des fonds votés par les Chambres pour aider à l'insurrection de Cabral contre Baez. Et pourtant dix minutes après cette séance à huis-clos, toute la ville connaissait le vote secret des Chambres. Mais je ne veux pas m'arrêter plus longtemps à relever les contradictions et les naïvetés d'un rapport dont la platitude de la forme découvre assez déjà les niaiseries du fond.

Il se rencontrera bientôt, je l'espère, un homme d'initiative pour renverser le Gouvernement odieux du vieillard que les débauches ont rendu tout perclus. Ce jour-là, l'on demandera compte à Septimus Rameau des finances du pays prodiguées aux Dannel, aux Marcellus Adam, aux Dumbar et consorts, en récompense de la propagande dominguiste et d'autres services que leur ignominie m'empêche de nommer ! On demandera compte des sommes énormes que Domingue, il y a six mois, s'est fait payer à titres d'appointements de Président du Sud et d'indemnités pour ses propriétés incendiées pendant les guerres civiles !— Les propriétés d'un gueux qui, avant cette époque, végétait sous le nom significatif de *Lamisère Domingue*.

Tout le monde voit la tactique du nouveau gouvernement qui, pour faire prendre le change au public sur ses propres dilapidations, répète, à tout propos, que Saget a laissé des finances ruinées. On sait que les recettes, en les évaluant au minimum, ont dû, pendant les cinq mois au bout desquels on interpella M. Excellent sur le non-payement des employés, s'élever à P. 1,800,000 environ :

| | | |
|---|---|---|
| Caisse de réserve des Cayes . . . . . . . | P. | 200.000 |
| Droits payés en juin par les négociants retardataires. . . . . . . . . . . | | 100.000 |
| Recettes des douanes de mai à novembre. | | 1.000.000 |
| Bons du Trésor émis . . . . . . . . | | 300.000 |
| Emprunt contracté par S. Rameau dans son premier voyage aux Cayes et à Jacmel. . . . . . . . . . . . | | 200.000 |
| Total. . . . . . | P. | 1.800.000 |

Quand M. Excellent, le mannequin de M. S. Rameau, met au passif du gouvernement de Saget la dette Salnave, l'emprunt du retrait et l'échéance du 1ᵉʳ août de la dette française, personne n'est dupe de ces ruses grossières inventées pour faire croire à la nécessité pressante des emprunts. En Haïti, comme en France, on a bien compris que M. Haentjens ne pouvait pas signer, le 1ᵉʳ avril, des traites à échéances du 1ᵉʳ août, quand, entre ces deux époques, se dressait le 15 mai, gros d'événements politiques. Enfin, aucun Haïtien, s'il est de bonne foi, ne songera à comparer au gouvernement respectable de Saget, celui des aventuriers qui lui ont succédé, et qui, sous le prétexte de payer les 1.300.000 piastres de la dette salnave et de l'emprunt du retrait, ont hypothéqué l'avenir du pays, depuis six mois seulement qu'ils gouvernent, pour une somme de quatre millions de piastres environ, empruntés tant à l'étranger qu'en Haïti.

Paris. — Imprimerie BLOT et fils aîné, rue Bleue, 7.